HENRY DE LAGORCE

## 1875

—

# LA REVANCHE

PAR

UN VOLONTAIRE DE 1870

*Delenda est Prussia...*

PRIX : UN FRANC

LYON

IMPRIMERIE D'AIMÉ VINGTRINIER
rue de la Belle-Cordière, 14.

—

1871

HENRY DE LAGORCE

1875

# LA REVANCHE

PAR

UN VOLONTAIRE DE 1870

*Delenda est Prussia...*

LYON

IMPRIMERIE D'AIMÉ VINGTRINIER

Rue de la Belle-Cordière, 14

1871

# 1875

—

## LA REVANCHE



————

I.

« Je l'ai foulée aux pieds cette orgueilleuse France,

« Je l'ai toute plongée en une ruine immense.

« Aucun homme jamais ne la relèvera,

« Elle est morte. Jamais elle ne reverra

« Sa grandeur d'autrefois. Jamais mon Allemagne

« Ne craindra de revoir dévaster sa campagne.

« Les Français d'Iéna ni ceux de Friedland,

« J'ai lavé tout cela dans le sang de Sedan.

« Ils étaient fiers d'avoir abreuvé leurs cavales

« Dans l'Elbe, mon grand fleuve, et d'avoir vu les pâles

« Rives de la Baltique et, le verre à la main,

« D'avoir pris des baisers aux vierges de Berlin

« S'enivrant avec eux dans d'infâmes orgies,

« Et leur livrant gaîment leurs grâces avilies.

« Ils se vantaient d'avoir possédé tout le Rhin ;

« Ils se vantaient d'avoir des frontières d'airain...

« Insensés ! Où sont donc aujourd'hui ces frontières ?

« Mes soldats vous ont pris deux provinces entières

« Et vos forts de Sedan, et Bitche et Wissembourg,

« Et vos villes de Metz, de Colmar, de Strasbourg ;

« Ils se sont répandus dans toute la campagne

« D'Alsace et de Lorraine. Ils ont vu la Champagne,

« Orléans, Tours, l'Anjou, la Bourgogne, ils ont pris,

« Malgré vos vains efforts, votre fameux Paris.

« Ils sont allés partout ; vos villes, vos villages,

« Conserveront longtemps leurs fatales images.

« Ils ont semé partout la ruine et la terreur ;

« De tous vos citoyens ils ont glacé le cœur.

« Dans tous vos fleuves fiers ils ont longtemps fait boire

« Leurs courageux chevaux. Moselle, Seine, Loire,

« Et la Meuse, et la Saône, et l'Yonne, et le Doubs,

« Et la Marne, et l'Allier, ils les ont passés tous ;

« Et vos vierges, aussi victimes de leurs flammes,

« Par mes vaillants soldats ont été faites femmes.

« De l'an mil huit cent-sept je suis vengé, je croi,

« Mais n'ai point assouvi ma haine encor pour toi.

« Oh ! tant que tu vivras, je t'exécrerai, France ;

« Je n'oublierai jamais, jamais que ta puissance,

« Un obstacle longtemps à mes vastes desseins.

« A pu plus d'une fois entraver mes destins. »

Ainsi parle Guillaume à son premier ministre,

A Bismark qui l'écoute avec son air sinistre,

Tout glorieux d'avoir fait un héros de son roi,

Tout fier des sentiments qu'en son élève il voit.

Ces deux hommes pourtant sont tous chargés de crimes ;

Partout et par milliers gémissent leurs victimes.

Ils ont fait plus de mal qu'aucun grand criminel;

Sur la terre jamais, jamais aucun mortel

Ce qu'ils en ont fait, eux, n'a fait de sa puissance.

Ils ont porté partout, leur furieuse démence,

Pillant, incendiant, versant le sang à flots,

Dévorant le malheur, s'abreuvant de sanglots;

Égorgeant les enfants et fusillant les femmes,

Rejetant les vieillards dans leurs maisons en flammes,

Tuant les citoyens qui leur montraient le cœur

D'oser vouloir contre eux défendre leur honneur.

Le plus affreux remords devrait être en leurs âmes;

Devrait courber leurs fronts... Ils rêvent, les infâmes,

Encor d'autres malheurs, encore d'autres morts....

C'est que dans la puissance il n'est pas de remords.

« Quand nous étions vainqueurs, nous aurions dû tout prendre.

« La France à bout de tout ne pouvait se défendre ;

« Bismark, nous avons fait les choses à demi.

« Nous aurions dû marcher jusque dans le Midi

« Et les fouler aux pieds jusques aux Pyrénées.

« La mer seule devait arrêter nos armées.

« Nous étions les plus forts, il fallait jusqu'au bout

« Écraser ce pays, l'anéantir d'un coup !

« Parfois lorsque j'y pense il m'épouvante encore ;

« C'est sans doute pour ça qu'aujourd'hui je l'abhorre

« Plus que jamais peut-être. Il est riche, il est fier,

« Il aime la vengeance et son cœur est de fer.

« Abattu maintenant, il peut courber la tête

« Jusqu'au jour où, tout prêt à venger sa défaite,

« De sa vieille blessure encore tout sanglant

« Il viendra la laver, Bismark, dans notre sang !

« Oui, tu t'es arrêté trop tôt dans ta victoire,

« Tu n'as pas fait payer assez cher notre gloire ;

« Tu t'es trompé, Bismark, il faudra faire mieux

« Quand nous y reviendrons. » Ainsi parle ce vieux
Au cerveau ramolli, retombé dans l'enfance,
Dont la stupidité devient de la démence.


Ainsi tu crois qu'on peut exterminer la France
        Avec quelques coups de canon :

Tu penses qu'il suffit pour tuer sa puissance

    Et des cartes rayer son nom

D'abuser d'un moment, où par le sort trompée,

    Elle se trouve sans soldats

Et laisse, en succombant, la victoire étonnée

    De n'avoir pu suivre ses pas.

Tu crois que ce vieux sang qui fit trembler les mondes

    Le temps a changé sa couleur...

Il coule toujours pur dans ses veines profondes,

    Toujours bouillonne dans son cœur.

Ses enfants sont toujours dignes fils de leurs pères,

    Peuvent toujours porter glorieux

Le nom que ces héros devenus légendaires

    Ont mené partout sous les cieux.

Si tu ne le sais pas, bien courte est ta mémoire,

    Ou ton aveuglement bien grand.

Ils t'ont assez montré jusque dans ta victoire

    Le prix que sa gloire se vend.

Toujours en nombre infime, ils ont mis l'épouvante

    Parmi tes masses d'Allemands.

Toujours un contre dix, souvent un contre trente,

    Ils ont vu tes chacals tremblants ;

Ce n'est que tout à fait à la fin que le nombre

    Pouvait écraser la valeur,

Et quand tous étaient morts, sans hésiter leur ombre

Des tiens glaçait encore le cœur.

As-tu donc oublié la fureur, le courage

De ces intrépides héros

Qu'eussent fait demi-dieux des hommes d'un autre âge

Qui ne tombaient que dans des flots

De sang, au beau milieu de l'affreuse mêlée

Des cadavres qu'ils avaient fait,

Et tuaient, en tombant, de leur arme brisée,

Un dernier Prussien qui venait

Tremblant les achever d'un coup de baïonnette,

Insulter leur dernier soupir !...

Oh ! tu sais trop combien t'a coûté leur défaite

Pour en perdre le souvenir !...

Héros de Reischoffen, la France sera fière

De vous jusqu'à son dernier jour ;

Ses enfants rediront la charge légendaire

Des cuirassiers de Wissembourg.

Cavaliers, fantassins, turcos, mobiles, zouaves,

Vous avez fait votre devoir ;

Le malheur ne peut pas déshonorer des braves,

Plus qu'il ne peut tuer l'espoir.

La France saura bien vous enfanter des frères

Intrépides dans les combats,

Qui verront sans pâlir la mort et les misères

    Et vengeront votre trépas.

Elle vous a porté, elle en portera d'autres,

    Son sein n'est pas encore las,

Un pays qui produit des cœurs comme les vôtres,

    Oh! non ce pays ne meurt pas!.....

« Mais, Bismark, qu'allons-nous pouvoir faire à présent?

« — Ce que nous avons fait n'est qu'un commencement,

« Et ne savez-vous pas où porter votre gloire?

« Tant que nous la tenons, tenons bien la victoire,

« Nous n'avons qu'ébauché nos immenses desseins,

« Nous devons nous placer au-dessus des destins.

« Nous pouvons sans trembler attaquer l'Angleterre,

« Lui prendre l'Indoustan. Nous n'avons sur la terre

« Aucune colonie, il nous en faut aussi.

« Nous pourrons après ça, sans arrière souci,

« Demander à l'Autriche un peu de sa Pologne

« Et tous ses Allemands... et si Pétersbourg grogne,

« Sans rien craindre, avec lui, pouvant croiser le fer,

« Nous le muselerons en lui prenant la mer.

« Après ça, nous verrons, peut-être l'Helvétie,

« Bien heureuse sera de n'être qu'asservie ;

« Et tout le Danemark, et tous les Pays-Bas,

« Viendront épouvantés augmenter nos États. »

Va, va, bâtis, Bismark, tes projets téméraires,

Bâtis sur l'avenir le succès de tes guerres ;

Ne crains pas d'escompter le jour du lendemain.

La fortune est à toi, tu la tiens dans ta main.

Mais, fou, qui te permets d'oser compter sur elle,

L'histoire ne t'a pas appris la fin cruelle

De tous les ambitieux qui sont nés avant toi

Et qui furent longtemps plus puissants que ton roi.

Leurs immenses malheurs couronnant tant de gloire

Ne t'ont pas dit quel temps fidèle est la victoire :

Grenade, Marathon, la Grande Invasion,

Morat et Waterloo... C'est la punition

Qu'à ceux qui veulent trop la Providence donne !...

Ils étaient cependant taillés sur une autre aune

Que ton Guillaume, et toi Bismark et tes Prussiens,

Les Perses et les Turcs, et les fameux Romains.

Ta puissance n'est rien auprès de leur puissance

Et tu n'es auprès d'eux qu'un pygmée en enfance.

Napoléon premier, tombant à Waterloo,

Montre qu'il ne faut pas plus pour faire un tombeau

A l'homme le plus grand qu'au plus petit des hommes,

Et que tous du destin les esclaves nous sommes.

> Oh ! l'avenir n'est à personne ;
> L'avenir est à Dieu.

Notre bonheur Dieu nous le donne,
  Il est maître en tout lieu.

Nous n'avons pas plus de mérite
  A vivre heureux et grands
Que le malheureux qui sans gîte
  Implore les passants.

Ici-bas nous sommes tous frères,
  Faits du même limon ;
Tous sujets aux mêmes misères
  Quel que soit notre nom.

Notre but à tous est le même,
  Quand survient le malheur
Il doit s'accepter sans blasphème,
  Sans fierté le bonheur.

Nous n'avons pas le droit de vivre
  D'être heureux de longs jours ;
Bon ou mal gré nous devons suivre
  Notre destin toujours.

Nous n'avons pas le droit de croire
  Que Dieu nous doit du bien ;
Ni d'hier après la victoire,
  De compter sur demain.

Car demain Dieu pour lui le garde,
  Il en fait ce qu'il veut,
Dans l'avenir nul ne regarde,
  L'avenir est à Dieu !...

## II.

Cinq ans sont écoulés depuis soixante-dix,

Bismark, toujours vainqueur, a sans cesse depuis

Cette fameuse guerre étendu sa conquête,

Et plus fier que jamais, levant bien haut la tête,

Il croit déjà toucher le ciel avec son front !

Et respirant l'orgueil, partout sème l'affront.

Sa puissance s'étend au Nord, à la mer Blanche,

Il a pris à l'Ouest les îles de la Manche.

Il a le Danemark, il a les Pays-Bas,

Les Carpathes, au sud, limitent ses États.

Les vaisseaux sur les mers promènent son enseigne.

Un seul petit pays où la liberté règne,

Où les hommes sont bons, patriotes, instruits,

Pauvres, hospitaliers, n'est pas encor soumis.

Ces montagnards qui, fiers, n'ont besoin de personne,

Pour lui sont un fleuron qui manque à la couronne

De l'Empereur son maître, ils offusquent ses yeux,

Leur liberté le gêne ; eh bien, tant pis pour eux !

Depuis quand donc Bismark compte ses injustices,

Lui qui mit en honneur le plus honteux des vices ;

Paya des espions en bon argent compté,

Ne peut s'accommoder avec la liberté !

Ainsi, c'est décidé, c'en est fait de la Suisse,
Il n'est pas en Europe un seul État qui puisse
Voler à son secours ; il les a tous battus,
Ce n'est qu'une bouchée à dévorer de plus.


Cependant que toujours il combattait, la France
Dans le repos, sans bruit préparait sa vengeance.
Les espions, chassés de toutes les cités,
Ne pouvaient avertir Bismark qu'à ses côtés
La France renaissait ; qu'une innombrable armée
Depuis longtemps déjà par elle organisée,
N'attendait qu'un moment, tandis que dans ses ports
Une flotte était prête à joindre ses efforts
A ceux de ses soldats. La Prusse bien tranquille
Avait en ce moment tout au plus cinq cent mille
Hommes prêts à marcher. Il n'en fallait pas tant
Pour que la pauvre Suisse eût aussi son Sedan.
Mais quand Bismark parla, les Français se souvinrent
De leurs soldats de l'Est. Heureux ils intervinrent
De trouver à la fois si belle occasion
De payer une dette et laver un affront.
Dans la Prusse à la fois entrèrent trois armées
Ayant des officiers, des vivres , bien armées,
Possédant des habits, des souliers, des canons,

Des régiments complets et des munitions.

L'une, à l'ouest, avait à sa tête d'Aurelles;

Dans la Prusse elle entra par Mons et par Bruxelles,

Et possédant d'abord trois cent mille soldats,

Elle y joignit bientôt tous ceux des Pays-Bas.

La seconde suivait les bords de la Moselle,

Entraînant les Français de Lorraine avec elle,

Pour général en chef elle a de Mac-Mahon,

Le Bayard de nos jours, et près d'un million

De valeureux soldats. Au cœur de l'Allemagne

Tout droit elle s'avance, à grands pas elle gagne

La route de Berlin. A l'Est et par Strasbourg,

Bade, le Wurtemberg, la Bavière, Cobourg,

Conduits par Bourbaki, marchent trois cent mille hommes;

La Bavière bientôt verra combien nous sommes

Certains d'être vainqueurs, et vengeant un affront

De Guillaume à son roi, fera défection.

Pendant ce même temps, de Cherbourg une flotte

Emporte Chasseloup et Chanzy vers la côte

De la froide Baltique. Avecque leurs marins

Deux cent mille soldats voguent vers les confins

De la Prusse du Nord, et tous pleins d'espérance

Prennent aussi leur part du vœux que fait la France.

Pour la première fois, Bismark, tu n'es pas prêt ;

Tu croyais tout tombé dans ton vaste filet

Et qu'il te suffisait d'une seule parole

Pour faire tout trembler. Il va changer ton rôle,

Tu te croyais trop fort pour pouvoir craindre rien,

Tu tenais les destins enchaînés dans ta main,

Tu ne voyais plus rien ici que ta puissance,

Sous ton bras triomphant était morte la France.

Nous allons voir lequel sera dernier vainqueur

Et lequel frappera son adversaire au cœur !

Sur Berlin nos soldats vont à marches forcées

Et tu n'a pas encore réuni tes armées.

## III.

Bismark n'a pu tenter d'arrêter les Français,

Anéanti d'abord par leurs premiers succès,

Son esprit a conçu le plan épouvantable

De faire devant eux un vide inabordable

En incendiant tout. A la fidélité

De ses sujets bientôt il voit l'insanité

Du plan renouvelé du fameux Rostopchine.

L'Allemagne aimait mieux trahir que par sa ruine

Essayer de sauver Berlin. Il le comprit

Et vers d'autres desseins il tourna son esprit.

Il conçut le projet presque aussi grandiose,

Qu'un insensé tout seul ou bien un grand homme ose

De laisser s'avancer les Français sans combats,

Sans trouver d'ennemis traverser ses États ;

Pour n'être pas tournés, obligés de s'étendre

Sur une vaste ligne, et lui de les attendre

En avant de Berlin avec tous les soldats

Qu'il pourrait appeler du fond de ses États.

Les battre s'il pouvait les uns après les autres,

Les tourner, les couper, et sans laisser aux nôtres

Un instant de répit, leur faire après cela

Une affreuse retraite, une Bérésina.

Quand Bonarparte fit la campagne de France,

Il avait aussi lui conçu ce plan immense ;

Ce plan désespéré qui ne peut réussir

Qu'avecque des soldats qui savent bien mourir.

Se battre nuit et jour, exécuter des marches,

De leurs cadavres faire à leurs frères des arches

Pour traverser un fleuve où les ponts sont coupés,

Et qui par des César aux combats sont menés.

Tu sais comment finit la campagne de France,

Moururent ces géants ; dis, est-ce que tu pense,

Bismark, avoir de tels soldats pour te servir,

Un si grand général pour pouvoir réussir.

En avant de Berlin se trouvent deux vallées,
Par la Nuthe et les lacs de Postdam entourées ;
Le ruisseau de Bethitz de la Nuthe affluent
D'un troisième côté, le midi, les défend.
Entre ces deux vallons courent quelques montagnes
Qui, couvertes de pins, dominent les campagnes ;
Vers l'autre côté, l'Est, elles vont s'élevant
Et forment un rempart qui couvre le couchant.
Là tout compose un fort créé par la nature,
Pour Postdam et Berlin une défense sûre.
C'est là que Bismark fit accourir ses soldats
Des lieux les plus lointains de ses vastes États.
En quelques jours il eut réuni tout en masse ;
Un camp fut établi sur cette forte place :
On monta les canons au sommet des hauteurs,
Les pins contre un assaut étaient leurs protecteurs ;
Dans la plaine, en avant, de profondes tranchées,
De cent mètres en cent mètres furent creusées
Du camp dans le lointain pour défendre l'accès
Et joindre leur rempart à celui des forêts,
Des fleuves et des lacs. Tout l'effort de la guerre
Devait s'accomplir là : Là son armée entière
Réunie en un corps attendait les Français,
La victoire ou la mort, la ruine ou le succès.

Cependant Mac-Mahon s'avance sans entraves
Et, sans avoir pu mettre à l'épreuve ses braves,
Il a depuis longtemps déjà passé le Rhin,
Et le Weser et l'Elbe. Il marche sur Berlin
Par Belzig, Brück, Postdam. Mais à Brüch il rencontre
Les Prussiens qui, fuyant, le font se heurter contre
Leurs forts retranchements. Il veut faire marcher
Ses soldats en avant, il espère forcer
Le passage, et d'assaut enlever la montagne ;
Mais bientôt il a vu que toute la campagne,
De fossés sillonnée et de troncs de sapins,
Est un dédale affreux où les efforts sont vains.
Alors sans s'obstiner il revient en arrière
Et, tournant vers la droite, il passe la rivière
De Bethitz. Désormais Mac-Mahon ne veut pas,
En chargeant des hauteurs, exposer ses soldats
A combler de leurs corps de profondes tranchées
Et succomber avant d'avoir vu les armées
De Guillaume et Bismark. Tourner le camp prussien
Ce serait être pris d'un côté par Berlin,
De l'autre par Postdam. Il asseoit un camp là,
Il va temporiser. C'est là qu'il attendra
Les autres généraux, à moins que Bismark vienne,
Abandonnant son camp, se livrer à la plaine.

Il resta sans bouger là pendant quinze jours,

Attendant les Prussiens, invisibles toujours.

Apprêtant son esprit. Ses troupes épuisées

Après s'être refait de leurs marches forcées,

Se préparaient gaîment pour le jour du combat,

Attendant en repos qu'enfin l'heure sonnât.

Pendant ce temps, Bismark rongé d'inquiétude

Se trouvait dérouté par cette quiétude

Et commençait à voir les vices de son plan.

Il voulait un combat, n'osait quitter son camp,

Craignait d'être battu dans la rase campagne,

Et tremblait de se voir bloqué sur sa montagne.

La rapidité seule aurait pu le sauver

Et son temps se perdait sans qu'il pût rien oser ;

Cependant il savait que d'un côté d'Aurelles,

Et Bourbaki de l'autre, allaient faire deux ailes

Terribles aux soldats du vaillant Mac-Mahon ;

Mais il n'avait en lui plus de décision.

Il apprit tout à coup que Stettin, par la flotte

Des Français était pris et que, quittant la côte,

Le général Chanzy venait sur le chemin

Qui conduit dans cinq jours de la mer à Berlin.

Il eut l'idée alors de marcher en arrière,

De battre le plus faible et terminer la guerre

En demandant la paix à tout prix... Ce départ
C'était livrer Berlin et puis... c'était trop tard !
D'Aurelle et son armée arrivaient par la droite.
Ils tenaient Brandebourg, et traversant l'étroite
Rivière de la Plane, avec de Mac-Mahon,
Ils allaient dans deux jours faire leur jonction.

Le désespoir rendit à Bismark du courage,
Ses indécisions se changèrent en rage.
Il lança sur Léhnin cinq cent mille soldats
Pour attaquer d'Aurelle ; il occupa plus bas
Au pied de son camp fort, avec deux cent mille autres,
Le village de Brüch, pour séparer les nôtres
Et pour les empêcher de se tendre la main.
Pour tenir Mac-Mahon à gauche il fit enfin,
Des bois et des hauteurs descendre dans la plaine
Tout ce qui lui restait. Il conservait à peine
Pour protéger Guillaume et défendre son camp,
Quelques régiments sûrs qui verseraient leur sang
Pour sauver l'Empereur en cas d'une défaite
Et jusque dans Berlin soutenir sa retraite.

## IV.

Le trois septembre, sur cent milles à la ronde,
Pétillent les fusils, le bruit du canon gronde ;

Les balles font siffler à leur passage l'air,

Les boites à mitraille en font pleuvoir du fer,

Les boulets, les obus, mugissant dans l'espace,

Font travailler la mort qui vole sur leur trace.

Les habitants partout se sauvent dans les champs ;

Les mères tout en pleurs emportent leurs enfants;

Les hommes derrière eux entraînant des charrettes

Essayent de sauver, au péril de leurs têtes,

Ce qu'ils ont de précieux. Les animaux lâchés,

Mugissant de terreur, galopent affolés,

Tandis que derrière eux, d'effrayants incendies

Dévorent les hameaux, granges et métairies.

La bataille commence au lever du matin

Et la nuit en tombant n'en verra pas la fin.


Du côté de Lehnin, l'attaque est la plus forte,

C'est là que du salut, Bismark a vu la porte,

C'est là qu'est Frédéric. Derrière Brandebourg

Il veut nous refouler et voler au secours

De Werder et de Fritz qu'écrase la mitraille

Des soldats plus nombreux qui leur livrent bataille.

Il attaque à Lehnin, d'Aurelle avec fureur :

Mais celui-ci répond avec même vigueur.

C'est d'abord un combat des deux artilleries

Où sont des deux côtés plus de cent batteries.

Les obus, les boulets sifflent avec fureur,

Mais en portant la mort ne portent pas la peur.

Les affûts sont brisés, les canonniers succombent,

Mais d'autres aussitôt remplacent ceux qui tombent,

Et de trois cents canons la détonation

Fait tout trembler au loin sans interruption.

Dans des bois en taillis quelques pièces masquées,

Par d'habiles pointeurs savamment dirigées,

A gauche des Français font plus mal aux Prussiens

Qu'à nous tous leurs canons. Leurs efforts étant vains

Pour arrêter le feu de cette batterie,

Ils la font attaquer par leur cavalerie.

Mais derrière les bois, des zouaves embusqués,

Font tourner les dragons avant d'être arrivés.

Ils veulent revenir à l'assaut : la mitraille

En couche la moitié sur le champ de bataille.

Ils rechargent encore, et de trois régiments,

Quelques débris à peine échappent tout sanglants.

Frédéric-Charles veut à tout prix faire taire

Cette aile formidable, et son armée entière

Attaque ce côté. D'Aurelle fait alors

Un mouvement tournant. Sa gauche sur les bords

De la Plane descend avant d'être écrasée

Et change tout à coup le front de notre armée.

Au lieu de nous chasser derrière Brandebourg,

Les Prussiens étonnés s'y trouvent à leur tour.

Cependant le jour fuit, la nuit vient du ciel sombre

Et bientôt sur les champs a répandu son ombre ;

Mais la nuit ne fait point cesser de tels combats,

La nuit n'apporte point de repos aux soldats,

Ils se battent jusqu'à la mort ou la victoire;

Les balles, les boulets, frappent dans la nuit noire

Des coups presque aussi sûrs que quand luit le soleil,

Il s'agit du salut, il n'est point de sommeil.

Prussiens, en avant donc dans la nuit étonnée

De se voir aujourd'hui par le fracas troublée ;

Les Français devant vous jusqu'ici sont vainqueurs,

Il faut changer le sort en cuirassant vos cœurs.

Et Frédéric trompé par la tactique habile

Du général d'Aurelle, ayant perdu vingt mille

Hommes dans le combat, ne pouvant désormais

Derrière Brandebourg repousser les Français,

Va tacher maintenant de tourner leur armée

Et si Werder n'a pas perdu cette journée,

En le joignant à Brüch avant le lendemain,

Nous empêcher encor de nous tendre la main.

Il change donc aussi sa ligne de bataille,

Sur notre droite il fait décharger sa mitraille ,

Tout son effort se porte encore sur un point,

Il faudra qu'il l'enfonce et le repousse au loin.

Cependant les Français entendent en arrière

Du canon plus fréquent et plus haut le tonnerre,

Se repliant soudain ils reculent et vont,

Faisant le tour de Brüch, où se bat Mac-Mahon,

Soutenir son armée, à ses soldats se joindre.


Déjà sur l'horizon le jour commence à poindre,

L'aurore dans le ciel sème ses rayons d'or,

Qui semblent faire honte aux ombres de la mort ;

Ces rayons radieux qui paraissent vous dire :

Vivez, la vie est belle !.. à la mort rien n'est pire ;

Hommes, allez, vivez, et soyez frères tous,

Car au ciel le soleil luit pour chacun de vous.

Il est républicain, sans distinguer éclaire

Le riche en son palais, le pauvre en sa chaumière ;

C'ert lui qui traversant les barreaux des prisons

Y vient porter l'espoir avec ses doux rayons.

C'est lui qui fait mûrir le blé dans les campagnes ;

C'est lui qui, paraissant au sommet des montagnes,

Inspire à la nature un concert le matin ;

C'est lui qui, consolant dans son deuil l'orphelin,

Lui montre l'avenir ; c'est lui qui sur la terre

Fait adorer la paix et détester la guerre...

Encore on se battra tout aujourd'hui, soleil,

Cherche un nuage donc pour te voiler au ciel,

Ta clarté ne doit pas éclairer un massacre,

Ne doit pas du sang chaud respirer l'odeur âcre ;

Mais en t'obscurcissant, sache bien que c'est Dieu

Qui conduit les Français sur le chemin qu'il veut.

Car Dieu depuis mille ans et plus a pris la France

Pour lui servir de bras dans sa juste vengeance,

Pour châtier l'orgueil, écraser les méchants,

Défendre l'opprimé, faire trembler les grands !


Cependant qu'à Lehnin, Frédéric et d'Aurelle

Tonnaient l'un contre l'autre une fureur cruelle,

Se battaient à outrance, au midi *notre* Fritz,

Passant imprudemment le ruisseau de Betitz,

Venait à Mac-Mahon livrer une bataille

Et faisait hâcher comme une meule de paille

Par les boulets français presque tous ses soldats.

Ce qui restait, comblait de cadavres en tas

La rivière opposant son lit à leur retraite.

Fritz seul et quelques-uns peuvent sauver leur tête

En traversant les eaux sur un gué fait de morts.
Alors de Mac-Mahon tournait tous ses efforts
A Brüch contre Werder, de sinistre mémoire,
Dont le nom plus qu'aucun est flétri par l'histoire.
Contre cet homme un feu terrible fut ouvert :
Jamais une tempête en fureur sur la mer
Ne lui fit présenter un aspect plus horrible
Que celui de ces champs que la mitraille crible.
Werder tient bon pourtant et nous répond sans fuir,
Dans un marais de sang son rêve est de mourir.
Trois fois dans Brück lancés, les soldats de Charette,
Ces célèbres héros qui vont comme à la fête
Au-devant de la mort, et qui sont revenus
Prendre encore leur part des périls encourus,
Battant les ennemis les repoussent derrière
La ville ; par trois fois ils doivent en arrière
Reculer, écrasés par le feu des Prussiens
Et reformés encore en reviennent aux mains.
Les Prussiens plus nombreux, et Werder à leur tête
Chargent avec fureur. Le général Charette
Succombe tout à coup grièvement blessé.
Un chêne tombe ainsi par la hache coupé,
Mais écrase en tombant le mortel téméraire
Qui l'a voulu coucher à ses pieds sur la terre.

C'en est fait des Prussiens, les Français en fureur

Volent pour le venger et sèment la terreur

Parmi ceux de Werder qui, fuyant pêle-mêle,

Nous laissent enfin Brück. Alors arrive Aurelle,

Frédéric aura beau se joindre avec Werder,

Il devra nous laisser le terrain tout couvert

Des cadavres des siens. Le soir vient, la déroute

Avec lui. Les Prussiens sont partout, sur la route,

Dans les champs, dans les prés, dans les bois poursuivis

S'enfuyant en désordre et sans trouver d'abris

Qui puissent les sauver de la fureur des nôtres ;

La terreur les aveugle et les uns sur les autres

Ils tirent dans la nuit, ils se battent entre eux.

Les canons sur les morts font grincer leurs essieux,

Écrasent en passant, tourbillon gigantesque,

Les blessés gémissant dans leur langue tudesque,

Renversent les piétons qui de tous les côtés

Se sauvent en courant par la peur affolés.

Les chevaux hennissant, galoppent dans la plaine

Et foulent sous leurs pieds partout la chair humaine.


Pendant ce temps, Guillaume et Bismark frémissants,

Apprennent leur défaite et se sauvent tremblants

Du côté de Berlin. Un grand nuage rouge

Leur apparaît soudain. Il semblerait qu'il bouge

Et qu'il s'étend toujours. Il est obscur d'abord,

Puis petit à petit s'éclaire sur le bord.

Il grandit, il grandit, et tout le ciel s'enflamme

D'un feu sombre d'abord puis brillant d'une flamme

Qui bientôt obscurcit la lune au firmament,

Et qui montant toujours dans l'infini s'étend,

D'un feu toujours plus vif éclairant la nuit sombre

Et faisant s'effacer les étoiles dans l'ombre.

Ils s'arrêtent alors, à leur esprit soudain

Une pensée arrive atroce; c'est Berlin

Qu'en ce moment dévore un immense incendie.

Par un désastre affreux, leur déroute est suivie,

Leur capitale est prise!... Et sans doute Chanzy

En fait un feu de joie... Oh ce n'est pas ainsi,

Allez, que les Français amusent leur courage;

Ils n'ont pas comme vous une âme assez sauvage

Pour brûler les maisons, les palais qu'ils ont pris;

Ni femmes, ni vieillards, ne sont leurs ennemis.

C'est un nouveau Moscou qui dans Berlin s'enflamme,

C'est la vieille Augusta qui tout a mis en flamme;

Folle qui ne sait pas qu'elle rend plus certain

Le tombeau de la Prusse en allumant Berlin!...

Ils se sauvent alors à travers la campagne,

Voulant fuir n'importe où, fût-ce hors d'Allemagne.

Mais Bourbaki leur barre, à Teltow, le chemin,

Il arrive à son tour. Il ne leur reste rien

Qui puisse les sauver. Ils veulent à la tête

De leur garde charger, mourir dans la tempête,

Des ennemis vainqueurs se faire dans le flot

Une mort honorable, un illustre tombeau...

Leurs soldats à grands cris demandent à se rendre,

Ils ont peur de la mort, ils vont se laisser prendre!...

C'est qu'il faut expier, ô mortels ambitieux,

La justice terrestre avant celle des cieux!...

## V.

Dans une pièce obscure un vieillard est assis,

Ses sourcils sont froncés, quelques cheveux blanchis,

Près de son crâne nu, promènent sur sa tempe

Où bat un sang fiévreux. La lueur d'une lampe

Éclaire faiblement son visage ridé

Et son œil presque éteint que les pleurs ont vidé.

Sur une vieille carte il tient sa main crispée,

Par un grand désespoir, tout entière occupée,

Son âme avec effroi fouille dans son passé

Et, dévoré de honte, il demeure affaissé.

C'est là celui qui fut l'empereur d'Allemagne !...

Le malheureux s'est cru du bois de Charlemagne,

Pauvre hère qu'ont fait un ministre ambitieux,

Un ancêtre rusé, quelques combats heureux,

Le mépris des traités et le droit de la force,

Arbre aujourd'hui pourri, tombant dans son écorce !

Avais-tu cru, dis-moi, qu'elles vivraient toujours

Tes masses de soldats ? Tes voraces vautours

A force de passer sur les champs de bataille

Pouvaient-ils échapper toujours à la mitraille ?

Croyais-tu que toujours seraient autour de toi

Des sujets dévoués, criant : Vive le roi !

Bien heureux de mourir pour augmenter ta gloire,

Oubliant de pleurer leurs morts dans ta victoire ?

Avais-tu donc rivé le sort à tes destins,

Avais-tu fait un pacte enchaînant ses desseins,

Croyais-tu que toujours la Fortune assoupie,

Sur tes drapeaux vainqueurs demeurant endormie,

Marcherait avec eux attachée à tes pas

Dans le terrain boueux du sang des vieux États ?

Enfin de tes canons au bruit elle s'éveille

Pour tuer aujourd'hui son ami de la veille ;

Il était temps, vrai Dieu, que sa défection

Mît à néant ta gloire et ton ambition !

Aujourd'hui te voilà dans une prison sombre,

D'un héros malheureux tu n'es pas même l'ombre ,

Tu  n'es qu'un laid vieillard que ronge le remord,

Un hideux criminel dont ne veut pas la mort !


Des murs glacés et nus, dans un coin de la chambre,

Un grabat tout gelé par le mois de décembre,

Quelques barreaux épais en relief, sur  la nuit

Pour fenêtre, voilà son palais aujourd'hui.

A travers ces barreaux son regard se promène

Sans chercher à voir rien, une espérance vaine

Ne vient pas l'éclairer, il est là pour toujours

Et n'ose prier Dieu de terminer ses jours.

C'est que parfois il voit dans cette nuit obscure

Devant lui se dresser une sombre figure

Qui repose sur lui son œil terrifiant

Et lui dit : « Qu'as-tu fait, qu'as-tu fait de mon sang ?

« T'avais-je, malheureux, demandé ta tutelle

« Je vivais dans la paix, ma puissante mamelle

« Suffisait à nourrir tous mes nombreux enfants,

« Ils étaient bien chez moi, libres sinon puissants.

« Misérable ambitieux, tu vins un jour leur dire :

« Je vous promets la gloire, accordez-moi l'empire,

« Hélas ! ils t'ont suivi. Depuis ce jour leurs os

« Blanchissent en tous lieux, par milliers, sans tombeaux,

« Ils ont depuis ce jour, sur les champs de bataille

« Assouvi de leur sang la soif de la mitraille.

« Ils ont depuis ce jour, pour ton ambition,

« Sans cesse combattu !... La grandeur de ton nom

« Voulait des flots de sang, une atroce misère,

« Voulait pour piédestal un immense ossuaire,

« Tu dois être content, il tient tout un pays !

« Mais moi je reviendrai te montrer mes débris,

« Te dire mes malheurs; auprès de toi sans cesse

« Je reviendrai terrible, affreuse, vengeresse,

« Demander au bourreau mes enfants qui sont morts

« Aider dans son travail l'implacable remords !... »


Et le roi reste assis sans pouvoir rien répondre,

Ses sens sont engourdis, il se laisse confondre.

Mais dès qu'il n'entend plus l'affreuse vision,

Il se lève, et passant les deux mains sur son front :

« Est-ce fini ! dit-il, jusqu'au bout l'anathème

« Viendra-t-il écraser le reste de moi-même.... »

Et puis dans son cachot il se met à marcher

Son pas est saccadé, son bras semble chercher,

Un invisible appui. Sur ces dalles glacées

Il sent trembler sous lui ses jambes affaissées.

Il pose son front nu sur les barreaux de fer

Qui bouchent sa croisée, et, semblable à la mer,

Une nuit infinie au loin portant son ombre,

Une nuit sans clartés, une nuit vide et sombre,.

Insondable s'étend par dehors sa prison.

Où donc est son cachot ? Se trouve-t-il au fond

D'un fort, ancien débris des vieilles oubliettes,

Est-il dans un caveau trop obscur pour les chouettes,

A-t-il pour horizon un couloir long et sourd,

Ne doit-il plus jamais apercevoir le jour?

La notion du temps dans son cœur est perdue,

Mais aucune clarté n'est encore apparue

A son regard, depuis qu'il est enfermé là,

Qu'un lampion fumeux dont la mêche s'en va.


Souvent un prisonnier voit à travers ses grilles

Vivre la liberté. Le chant des jeunes filles

Qui reviennent le soir arrive jusqu'à lui.

Il voit dans la campagne un beau soleil qui luit.

Il voit de sa prison le printemps qui commence.

Il voit le laboureur qui ses champs ensemence.

Il entend les oiseaux, au lever du matin,

Saluer la nature en un concert divin.

Souvent, quand vient la nuit, il voit les hirondelles

Frôler en voltigeant sa prison de leurs ailes.
Alors dans son cachot l'idéal apparaît,
Il oublie, au bonheur un instant il renaît.

« Ce n'était pas assez pour expier ton crime,
« Ce n'eût été pour toi qu'un châtiment infime,
« Guillaume, il ne faut pas que quelqu'un puisse  voir
« A travers la muraille où vit ton désespoir.
« Il ne faut que jamais en passant une mère
« Ne puisse rencontrer ton regard de vipère.
« Ton regard  est mauvais et peut tuer l'enfant
« Que déjà dans son sein se mouvoir elle sent.
« Tu n'est qu'un paria, fruit d'une vase impure,
« Qu'en un jour de débauche a créé la nature.
« Un paria maudit, un hideux criminel
« Dont le regard pourrait souiller l'azur du ciel. »

A ces affreux pensers tout son être tressaille,
Et, tombant épuisé sur son grabat de paille,
Il cherche le  sommeil, le repos et l'oubli
Mais c'est le cauchemar que trouve son esprit.
A peine est-il couché qu'un grand cliquetis d'armes,
Mêlé de bruits confus, augmente ses alarmes.
Il entend le canon tonner dans le lointain,
Il voit ses régiments qui combattent en vain

Et ses soldats tomber. Il entend la trompette
Sonner auprès de lui l'heure de la défaite ;
De son armée il voit tout ce qui reste fuir.....
Jusque dans le sommeil le suit le souvenir !
Il se trouve après ça sur un champ de bataille.
Tout seul avec les morts couchés par la mitraille.
Là sont tous étendus ses beaux cuirassiers blancs,
Ses dragons, sa landwehr, ses féroces uhlans,
Et son état-major, et sa garde hautaine.
Une odeur de sang chaud se répand dans la plaine
Et dans le ciel brumeux les avides corbeaux,
Tout réjouis de voir tant de corps sans tombeaux,
Bénissant à grands cris l'œuvre de la mitraille,
Se préparent à faire une immense ripaille.

Ses yeux s'ouvrent alors, il se lève d'un bond
Et se voit tout à coup devant Napoléon.
Napoléon n'est plus l'empereur de la France,
Le malheureux vaincu d'une défaite immense,
Ni l'hôte de Chilsurst, ni l'ancien prétendant :
Il n'est plus rien. Son œil attendait tout ardent
La fin du cauchemar.

      — « As-tu fini ton rêve,
« Dit-il d'un ton moqueur, que le diable m'enlève

« S'il était bien plaisant !...

                — Que viens tu faire ici,

« Dit Guillaume, viens-tu pour m'insulter aussi ?

« J'aime encor mieux d'ailleurs te voir toi qu'un fantôme,

« Fût-ce mon ennemi je suis heureux qu'un homme

« A tous mes cauchemars fasse diversion.

« Je ne t'en voudrais pas, tu peux m'insulter.

                     — Non.

« — Que viens tu faire alors ! Viendrais-tu pour me dire

« Si mon mauvais démon, Bismark, subit un pire

« Châtiment que le mien ?... Dis-moi que fait mon fils ?

« De Moltke, de Werder, Frédéric où sont-ils ?

« Est-ce que Fritz pourra relever l'Allemagne ?....

« — Bismark est ton voisin, les autres sont au bagne ;

« Ton empire est dissout ; on se l'est partagé....

« Au bagne aussi mon fils ! l'avait-il mérité !....

« — N'était-il pas ton fils ?... »

             Et dans ce cœur de père

Un nouveau désespoir arrive encore faire

Déborder la mesure. A ses yeux vient briller

un dernier pleur....

            « — Et toi ?

                « — Moi je suis ton geôlier ! »

Août 1871.

9 782019 130404